CADET BUTEUX

ÉLECTEER,

ou

LE SONGE RÉALISÉ.

Sous presse pour paraître le 20 décembre.

La *Monarchie sauvée*, ou *la Chambre de 1820*, panorama des 422 députés.

CADET BUTEUX

ÉLECTEUR,

OU

LE SONGE RÉALISÉ,

POT-POURRI

publié par son Secrétaire,

Désaugiers.

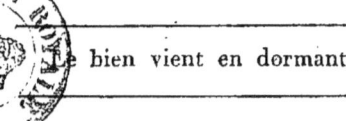

… bien vient en dormant.

A PARIS,

CHEZ PONTHIEU, LIBRAIRE,

PALAIS-ROYAL, GALERIE DE BOIS, N.º 252.

Décembre 1820.

CADET BUTEUX

ÉLECTEUR.

Air : *Un jour à Fanchon, j' dis : ma fille.*

J' rêvais l'aut' jour qu'à la lot'rie
J'avais, grâce à trois numéros,
    Gagné gros,
Et qu' sur mes r'venus la Mairie
    D'vant tous les ans
    M'imposer d' quinz' cents francs,
Dans le Gros-Caillou, ma patrie,
    J'aurions l'honneur
    D'êtr' nommé z-Électeur.

Air : *Va-t-en voir s'ils viennent*

L' mêm' jour on vient m'apporter
    Un' manièr' d' pancarte,
Comm' quoi j'avons l' droit d' voter
    Au nom de la Charte....
Mon pauv' bateau, va t' promener;
      J' sis un homme d' marque :
      J'avons une aut' barque
        A m'ner;
      J'avons une aut' barque.

Air : *Courant d' la brune à la blonde.*

C'tapendant ça m' paraît drôle
Que le Roi permett' comm' ça
Un' assemblé' qui contrôle
Ce qu'il fit, c' qu'il fait et c' qu'il f'ra.
A sa plac', ben au contraire,
Moi qui sais, comm' tout Français,
Que c' n'est que l' bien qu'il veut faire,
A tout c' monde j' dirais :
Vous èt' banquier,
Vous huissier,
Vous docteur,
Vous traiteur,
Vous prélat,
Vous soldat,
Vous marquis,
Vous commis;
Moi, ma foi,
Je suis Roi;
F'sons chacun not' affaire.

Air : *Il était un p'tit homme.*

Mais puisque d' sa confiance
Louis nous donne un garant
    Aussi grand ,
Nous lui d'vons, en conscience,
Choisir des députés
    Réputés ,
Et dont l'élection
N' flatt' pas l'ambition ,
Dans la seule intention
    D'être un jour faits (*bis*)
Ministres ou préfets.

Air : *Réveillez-vous, belle endormie.*

N'allons pas surtout (c' qui s'rait pire)
Choisir d' ces têtes à l'envers,
A qui les mots d' *Royaume* et d' *Sire*
Occasionnont d's attaques d' nerfs.

Air de la Catacoua.

Mais tandis qu' dans ma têt' je juge
Sur qui faut fair' tomber mon choix,
D'où m' vient c'te kirielle, c' déluge
D' noms et d' prénoms que je reçois?
On m'en débit' chez la fruitière,
On m'en débit' chez l'épicier,

Chez l' serrurier,
Chez l' chaudronnier,
Chez l' charcutier,
L' tapissier,
L' pâtissier ;

Et si j' n'en reçois pas d' ma portière,
C'est qu' ma maison n'a pas de portier.

Air : *Si Doritas contre les femmes.*

J' vois des noms d' marchands et d'artistes,
Des noms d' rentiers et d' magistrats,
Des noms d' docteurs, des noms d' dentistes,
Des noms d' courtiers et d'avocats. (*bis*)
J'en vois queuq's-uns qu' l'on connaît et révère ;
J'en vois plusieurs qu' l'on n' connut qu' trop, hélas !
J' n'en vois pas mal que l'on ne connaît guère ; ⎱ (*bis*).
J'en vois beaucoup que l'on ne connaît pas. ⎰

Air : *Voulez-vous savoir l'histoire.*

Enfin l' grand jour vient, et j' trinque
    Au Duc de Bordeaux....
Puis ma p'tit' Javott' me r'quinque
    Tout d' même aux oiseaux;
Et comme on a d' l'amour-propre,
    J' dis en m'en allant :
Si je ne sommes pas l' pus propre,
    Je n' s'rons pas le moins blanc.

Air : *Je suis colère et boudeuse.*

J'arriv'; mais avant qu' l'on c'mence
A j'ter son monde dans l' tronc,
Ah jarni! queu' manigance!
Faut tout d' même avoir du front....
« T'nez, m'dit mon voisin de droite,
» V'là ceux qu'on nomm'ra c' matin. »
C'lui d' gauch', d'un' manière adroite,
M'en gliss' d'autres dans la main ;
Tandis qu'un malin s'approche ,
En m' disant : « Prenez ces noms. »
J' sentons qu'on m' farfouill' la poche ,
Et j' m'entends dir' : « V'là les bons. »
— Morgué! laissez-moi tranquille,
« Si vous voulez m' fair' plaisir....
« J' n'ons pas besoin qu'on nous style ;
« J' savons ceux qu'il faut choisir. »
Ça n'empêch' pas qu'on m'inonde
D' chiffons à n'en plus finir....
V'là mes goussets si pleins d' monde
Qu' jamais tout ça n' pourra t'nir....
C'est pourtant d's homm's d'importance.. ..
Mais j' gag' , sans fair' fi d'aucuns ,
Qu' ça n' s'rait pas la mort d' la France,
Quand il s'en perdrait queuq's-uns.

Air : *Une fille est un oiseau.*

Bentôt l' secrétair' levé

A haut' voix appell' tout l' monde ;

Et v'là qu' tout l' monde à la ronde,

Depuis l'*A* jusques au *V*,

A m'sieu l' président apporte

L' nom des députés qu'il porte,

En f'sant des vœux pour qu'il sorte

Au premier tour de scrutin....

On prend l' numéro qu'on note,

Et puis chacun jett' son vote

Dans la tir'lir' du destin. (*bis*).

Air : *Tarare Pompon.*

Abîmé d' soif et d' faim,

Je séchions d'impatience

Que l'*A*, par complaisance,

Voulût ben prendre fin....

Enfin le *B* s' proclame,

Et drès qu'il a cessé,

Le secrétaire entame

Le *C*.

Air : *Mon galoubet.*

Cadet Buteux ! (*bis*)
A c' nom que d'puis long-temps j' désire,
J' m'élance à travers l's électeux ;
Et tout chacun de s' mettre à rire,
De m' montrer au doigt et de dire :
Cadet Buteux ! (4 *fois*)

Air des Pierrots.

Pourquoi donc n' voulez-vous pas qu' j'aie
Tout comm' vous mon droit d'élection ?
Comm' vous j' suis Français, comm' vous j' paie
Mes quinz' cents francs d'imposition :
J' n'y voyons qu'un' seul' différence,
C'est que je n' portons, comm' votant,
Qu' des amis du trône et d' la France....
Et qu' tout l' mond' n'en fait pas autant.

Air : *Suzon revenait du village.*

D'ailleurs, malgré ma mis' commune,
Y n' dépend que d' ma volonté
D'avoir demain assez d' fortune
Pour être nommé député.
    Un millionnaire,
    La s'main' dernière,
    M'a fait prév'nir
Qu' si j' voulais le dev'nir,
    Il m' rendrait maître,
    Par un' contr'-lettre,
    D'un' bell' maison
Qu'il ach't'rait sous mon nom.....
Mais moi, c' n'est pas ça que j' demande....
N' faut jamais faire que c' qu'on doit :
J'aim' mieux être électeur de droit,
    Qu' député d' contrebande.

Air : *Ah ! de quel souvenir affreux.*

On tir' *D, E, F, G, H, I ;*
J, L, M, N, O, P, Q suivent ;
Puis *R* , puis *S ;* puis, Dieu merci,
T, U, V, X et *Z* arrivent....
Et comm' la faim arrive aussi,
Gagnant la porte leste et preste,
J' me dis : « V'là mon devoir rempli; (*bis*)
» Faut aller remplir le reste. » (*bis*)

Air du vaudeville de l'Opéra Comique.

» Courons chez l'aubergiste l' Rond ;
» Il tient un' table des meilleures :
» C'est loin ; mais les scrutins ne s'ront
» Dépouillés que vers les trois heures.
» J'aurons l' temps d' boire un litre d' vin ,
» D' manger une om'lette, une andouille,
» Avec un p'tit civet d' lapin,
 » Avant qu'on les dépouille. »

Air du vaudeville de la Belle Fermière.

Toup-à-coup v'là qu' me souv'nant
Qu'un soldat n' quitt' pas l' champ d' bataille,
  Et qu' d'ailleurs j'avais en v'nant
Ach'té d' quoi manger, vaill' que vaille ;
    J' rentrons reprendre mon rang,
    Et m' rasseoyant sur mon banc,
J' sors du pain et du fromag' blanc,
    Qu' j'avais mis en réserve
Dans un' feuille de *la Minerve.* (*bis*)

AIR : *J'étais gisant à cette place.*

Un grand blondin de moi s'approche ;
De d'puis l' matin il me r'luquait....
Il m'aborde , et tirant d' sa poche
Un' tabatière *à la Touquet,*
N' pourrait-on pas , m'dit l' bon apôtre ,
Savoir quels noms vous avez mis?...
— Pardin' ! j'ons mis des noms d'amis ;
Vous voyez que j' n'ons pas mis l' vôtre. (*bis*)

Air : *Oui, je suis soldat, moi.*

J' suis royaliste, moi,
  Oui, je m'en fais gloire,
Et j' saurais pour not' bon Roi
  Mourir comm' je sais boire.
T'nez, r'gardez, v'là sur c' billet
  Les noms qu' j'ons mis dans l'urne.
Pourquoi donc qu' j'en f'rais un s'cret?
  Je n' suis pas *taciturne....*
  J' suis royaliste, moi,
    Oui, je m'en fais gloire,
Et j' saurais pour not' bon Roi
  Mourir comm' je sais boire.

Air : *Du lendemain.*

Mais avec sa colère,
Voyant qu' ma faim r'double aussi,
  Il m' dit, n' sachant plus qu' faire :
« Sortez; on n' mang' pas ici.
» Croyez-vous être à la halle?»
J' ly réponds : Vous m'enrhumez....
J' peux ben manger dans un' salle
  Où vous fumez.

Air de la fricassée.

Oh ben !

V'là z-encore un malin

Qui pense p't-être

Qu'on n' va pas le r' connaître !

Oui, mais

J' répondons ben qu' jamais

L' chapeau qu'il met

Ne cach'ra son bonnet.

— C'est-y d' moi qu' tu parl'? qu'il m' dit...

— D' qui donc, si c' n'est d' toi, mon p'tit?

— Tu n' sais pas seul'ment mon nom.

— J' ne l' savons qu' trop !... Os' donc

M' dir' que tu n'es pas Jacque!... Oh ben !

V'là z-encore un malin.

Qui pense p't-être

Qu'on n' va pas le r'connaître :

Oh ! mais

J' répondons ben qu' jamais

L'chapeau qu'il met

Ne cach'ra son bonnet.

Air : *Ça n' se peut pas.*

V'là qu' tout-à-coup l' quart d' l'assemblée
Vû qu' les trois autr' quarts étions bons,
Sur l' casaquin m' tombe d'emblée ;
J' n'en cri' qu' plus fort : Viv' les Bourbons !
« Tuez-moi... pour leur cause chérie ;
» J' n'ons jamais craint de sauter l' pas :
» Faut' d'un sujet la monarchie

    » Ne manque pas ». (*bis*).

Air *du pas redoublé.*

La qu'relle entre chaque parti
    Allait êtr' générale,
Quand l' président qu' était sorti
    Rentre enfin dans la salle.
On s' tait ; l'tirag' commence, et v'là
    Que maugré moi je m'écrie :
« Faut-il d' son pays mett' comm' ça
    » L' bonheur à la lot'rie !....

Air : *Du haut en bas*, ou *Comme il m'aimait !*

> Ah ! comm' ça sort !
> Des nôtres déjà quelle liste !
> Ah ! comm' ça sort !
> En vérité, c'est comme un sort !
> Cont' les méchans l' ciel nous assiste...
> La Providence est royaliste....
> Ah ! comm' ça sort !

Même air.

> Ah ! comm' ça sort !
> En v'là plus de trois cents que j' compte....
> Ah ! comm' ça sort !
> C'est dit ; l'ennemi n'est pas l' plus fort....
> Et tous ceux que c' coup-là démonte,
> D' la salle, où c' qu'on verrait leur honte....
> Ah ! comm' ça sort !

Air : *A la façon de Barbari.*

Mais dam'! c'est qu'outre not' section,

 Y en a z'encor cinq autres.

Les députés d' leux élections

 S'ront-ils les mêm' qu' les nôtres?

Au départ'ment le soir j' courons,

  Et là j'apprenons

  Qu' les cinq aut' sections

Ont tout's fait leurs nominations

  D'élections,

  A la façon

  De l'élection

  D' ma section.

Air : *La victoire est à nous.*

« La victoire est à nous! »

 Que j' crions comm' des fous.,

« Malins, vous v'là z–au diable,

» Et la chambre introuvable

» Se r'trouve malgré vous....

» La victoire est à nous! » (5 *fois.*)

5

AIR : *Quand un tendron.*

Aux cris que j' fais, v'là qu'en sursaut
 Tout-à-coup je m' réveille,
Et que j' me r'trouv' dans mon bachot,
 Où j' dormais d'puis la veille.
Ho! ho! ho! ho! ha! ha! ha! ha!
Où donc que j' suis? qu'est qu' c'est donc qu' ça,
   La, la?
Ho! ho! ho! ho! ha! ha! ha! ha!
N' s'rait-ce qu'un rêv'? Oh! nenni-dà,
   La, la!

AIR : *A soixante ans,* ou *Contentons-nous.*

Tout ébahi, je m' frott' les yeux, je m' lève;
J' cours raconter tout c' que j'avons rêvé....
J'apprends, morgué! que ça n'est point un rêve;
Que d' bout en bout c' que j' conte est arrivé.
Dans l'eau seul'ment ma fortune se r'plonge;
Mais j' la perdons sans perdre not' gaîté.
Eh! qu'est qu'ça m'fait qu' mon bonheur n'soit qu'un songe
Si c'lui d' la France est un' réalité.

A MESSIEURS LES DÉPUTÉS.

Air du vaudeville de Vadé à la Grenouillere.

Pilotes du vaisseau d' l'Etat,

Quoiq' je n' sois qu'un passeux d' rivière,

Permettez qu'en homme d' l'état,

Sur la route qu' vous allez faire,

J' vous donne un avis salutaire :

La gauch' vous cache des rescifs

Qui d'mandont un' manœuvre adroite.....

Par ainsi, toujours attentifs,

Toujours fermes, toujours actifs,

Queuq' vent qu'il fasse, t'nez la droite ;

C'est la bonn' route : à droite ! à droite !

IMPRIMERIE DE P. DUPONT.